Para Holly
—D. C.

Para Karina Anastasia
—S. M.

Spanish edition copyright © 2007 by Lectorum Publications, Inc.
First published in English under the title WIGGLE by Atheneum Books for Young
Readers, an imprint of Simon & Schuster Children's Publishing Division.
Text © 2005 by Doreen Cronin
Illustrations © 2005 by Scott Menchin
Translation rights arranged by Pippin Properties, Inc., and Sandra Bruna Agencia
Literaria, SL.

For information regarding permission, write to Lectorum Publications, Inc., 557
Broadway, New York, NY 10012.

Book design by Polly Kanevsky and Kristin Smith.
The text of this book is set in Bliss.
The illustrations for this book are rendered digitally.

Printed in Singapore
10 9 8 7 6 5 4 3 2 1
ISBN-13: 978-1-933-03205-4
ISBN-10: 1-933-03205-7

Library of Congress Catologing-in-Publication data is available.

¡A tu ritmo!

doreen cronin

ARTE POR SCOTT MENCHIN

traducido por YANITZIA CANETTI

LECTORUM
PUBLICATIONS INC
a subsidiary of Scholastic Inc.
New York

¿Te mueves

al despertar?

¿Te mueves con alegría?

Un
desayuno
apurado,

en mal **sitio** caería.

Sacude

primero

la cola

¿Quieres divertirte más?

¡Brinca
encima
del colchón!

¿Puedes
bailar

con
tu
sombra

y rodar con la pelota?

Si te
meces

con gorilas...

¿ese

ruido

te

alborota?

¿Sabes nadar bajo el agua?

Corre como el cocodrilo:

¡con la boca bien abierta!

Piensa
que
tienes
dos alas
y **agítalas**
fuerte
al viento.

¡Así el cielo
bailará
con tanto
movimiento!

Si estás entre
osos polares,
deberás
quedarte quieto.

A ellos les cuesta mucho
mover el esqueleto.

Sin alas,

sin patas,

sin cola,

la culebra es una

ola en movimiento.

Cuando tiemble el cascarón. . .

podrás ver un
nacimiento.

¿Quieres **venir** a bailar?

¿Sabes

andar

en la luna?

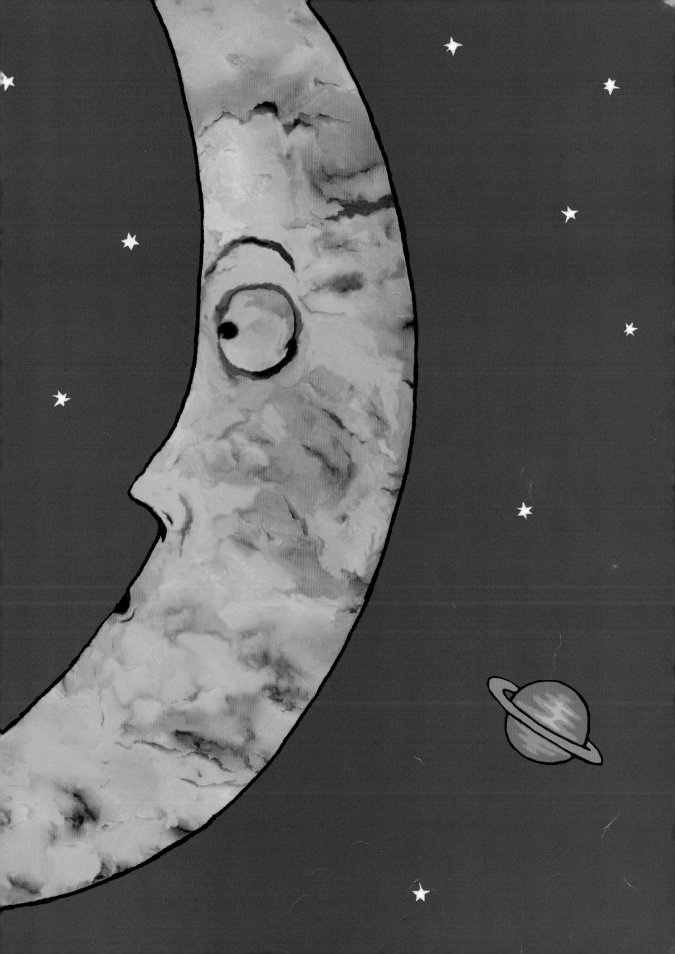

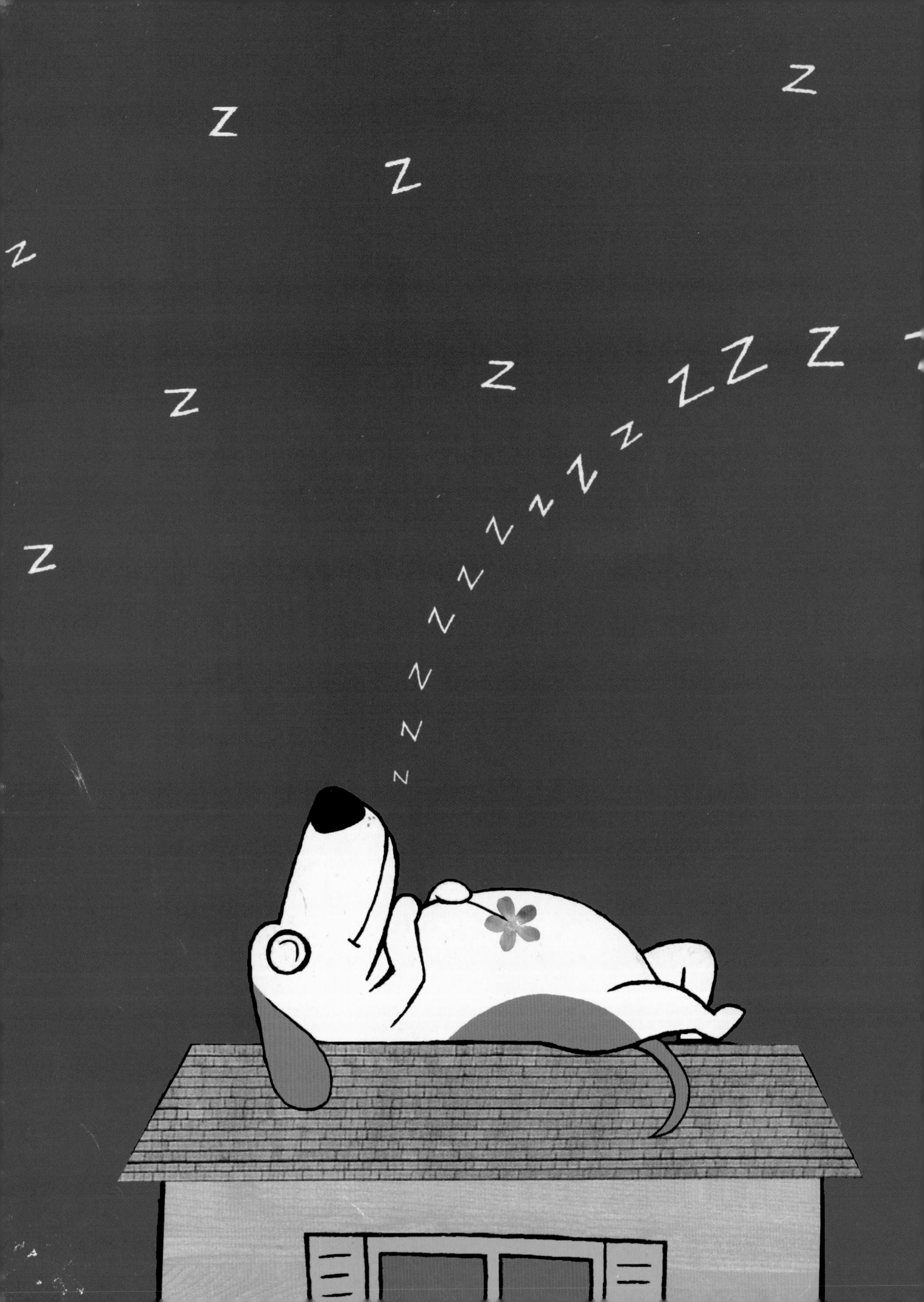

Llegó
el turno
de parar,
¡al menos
hasta la una!